Brigitta Rudolf

Weihnachtsglück auf leisen Pfötchen

Brigitta Rudolf

Weihnachtsglück auf leisen Pfötchen

© 2018
Herstellung und Verlag: BoD – Books on Demand,
Norderstedt.
ISBN: 9783748147152

Annett Korte war eine sehr selbstständige junge Frau. Vor allem auf ihre finanzielle Unabhängigkeit legte sie größten Wert, denn das hatte ihre Mutter ihr recht früh beigebracht. Daher hatte Annett zunächst eine solide Ausbildung zur Bürokauffrau gemacht, die sie allerdings nicht sonderlich befriedigte. Aus diesem Grund hatte sie es nach einigen Jahren gewagt, ihr Hobby zum Beruf zu machen. Sie hatte schon als Kind Freude daran gefunden, ihrer Mutter, die eine leidenschaftliche Bäckerin war, über die Schulter zu schauen und bei der Herstellung der schmackhaftesten Torten zu helfen. Später wurden auch die leckeren Kreationen von Annett in ihrem Freundes- und Bekanntenkreis sehr geschätzt. Das hatte sie letztlich zu dem Schritt ermutigt, ihre Traumtorten nicht nur privat herzustellen, sondern auch zu vermarkten und Interessenten über das Internet anzubieten. Allerdings war es doch sehr aufwändig, ihre Produkte zu versenden. Und als sich vor einigen Monaten die Gelegenheit geboten hatte, ein kleines Café in der Innenstadt zu übernehmen, hatte Annett ihren Job gekündigt, ihre gesamten Ersparnisse zusammengekratzt und sehr mutig und entschlossen nun den Schritt in die Selbstständigkeit gewagt. „Wenn Du selbstständig bist, dann arbeitest Du buchstäblich selbst und ständig!", hatte ihr Vater sie seinerzeit gewarnt.

Sie wusste, er hatte recht damit, aber das schreckte Annett nicht ab. Sie stürzte sich voll Begeisterung und Engagement in ihren neuen Job. So gut wie alle ihre Ersparnisse waren für die Renovierung des Cafés drauf gegangen. Die alten Räume waren düster und mit schweren Möbeln eingerichtet gewesen. Annett wiederum hatte mehr Helligkeit und eher klare Linien bevorzugt und daher lieber alles im skandinavischen Stil eingerichtet. Zudem gab es zwar einige Tische weniger, aber dadurch wirkte alles viel großzügiger. Vor den großen Fenstern hatte sie lediglich duftige Schals aufgehängt, die sehr viel mehr Licht hineinließen. Das neue Café war sehr gemütlich geworden, und das Ergebnis ihrer Bemühungen konnte sich sehen lassen, fand Annett. Auch ihre Eltern sowie ihre Freunde und Bekannte waren begeistert und wünschten ihr natürlich viel Erfolg. Zunächst kamen viele Gäste, die sicher zum großen Teil einfach neugierig waren und das neue Café einfach einmal anschauen und die Tortenträume von Annett testen wollten. Glücklicherweise gab es inzwischen zwar auch einige treue Stammkunden, allerdings beileibe nicht genug um über die Runden zu kommen. So saß sie oft genug am Abend sorgenvoll in dem kleinen Hinterzimmer und zählte ihre spärlichen Einnahmen. Wenn sie dann an all die unbezahlten Rechnungen ihrer Lieferanten dachte, runzelte sie häufig sorgenvoll die Stirn. Wie lange würde sie noch durchhalten können? Sie hatte ihr hübsches, kleines Café mit so viel Freude eingerichtet, sie konnte und wollte es einfach nicht aufgeben und wieder zurück ins Büro gehen – niemals! Aber Fleiß und Ideen allein waren scheinbar nicht genug, das musste sie sich leider eingestehen. Das berühmte Quäntchen Glück gehörte eben auch dazu – aber eben das schien ihr nicht vergönnt zu sein, dachte sie traurig. Dabei hatte sie ihr kleines Reich mit so viel Liebe eingerichtet, tagsüber die Gäste bedient, und sich abends um die Buchhaltung gekümmert. Sie hatte immer neue Rezepte erdacht und war am nächsten Morgen in aller Herrgottsfrühe wieder aufgestanden, um die Torten und Kuchen für den kommenden Tag vorzubereiten. Nicht einmal einen Ruhetag in der Woche hatte sie sich bisher genehmigt. Sie fühlte sich erschöpft und mutlos.

Dann stand sie auf, um noch einmal ihr Werk in Ruhe zu betrachten, bevor sie sich auf den Heimweg machen wollte. Übermorgen war der erste Advent und Annett hatte die Tische entsprechend festlich dekoriert. Grüne Tannenzweige auf den Tischen verteilt, Strohsterne und Kerzen dazugestellt und auch die schmalen Fensterbänke ebenfalls passend geschmückt. Sie hatte sich auch einige vorweihnachtliche Geschichten aus dem Buch einer guten Freundin kopiert und bereit gelegt, damit ihre Gäste sie lesen und in weihnachtliche Stimmung kommen konnten. Doch, alles sah sehr einladend aus, mehr konnte sie jetzt nicht tun. Also holte sie ihren Mantel, schnappte sich ihre Handtasche, sowie ihre Schlüssel und ging heim. Unterwegs dachte sie darüber nach womit sie ihren Eltern eine kleine Weihnachtsfreude machen konnte. Vor allem ihre Mutter unterstützte sie so oft sie nur Zeit fand und half ihr beim Backen oder bediente auch ab und zu mit im Café. Annett hatte sie schon einige Male spontan angerufen, wenn es mal wieder eng geworden war, denn eine ständige Aushilfe konnte sie sich nicht leisten.

„Himmel, schick mir einen Engel! Ich brauche ihn wirklich dringend!", dieser Stoßseufzer entfuhr ihr nicht zum ersten Mal, als sie zuhause in ihrem Sessel saß und ihr eilig zubereitetes Abendbrot verzehrte. Sie war zwar in einem christlich geprägten Elternhaus groß geworden, aber ihr persönliches Verhältnis zur Kirche blieb trotzdem immer gespalten. Sie fand auch zu dem Pfarrer ihrer Gemeinde kein rechtes Verhältnis, obwohl er sie seinerzeit konfirmiert hatte. Anschließend war es ihr nur selten in den Sinn gekommen, den sonntäglichen Gottesdienst zu besuchen. Aber jetzt musste sie sich ein wenig widerwillig eingestehen, dass ihr etwas „Hilfe von oben" durchaus willkommen wäre. Aus welchem Grund auch immer war ihr der Erzengel Michael immer besonders sympathisch gewesen; vielleicht gefiel ihr einfach sein Name. Wie auch immer, sie wusste, dass sie Unterstützung brauchte und unwillkürlich faltete sie die Hände, so wie sie es in ihrer Kindheit gelernt hatte und bat noch einmal inbrünstig um himmlische Unterstützung. Schaden konnte es sicher nicht, dachte sie dabei. -

Am nächsten Morgen klingelte der Wecker wieder einmal recht früh, und Annett reckte und streckte sich erst einmal verschlafen, bevor sie aufstand. Trüb und grau schien der Tag zu werden. Genauso war es vom Wetterdienst auch angekündigt worden. Das besserte ihre Laune keineswegs, aber was half es. Also raffte sie sich auf und ging ins Bad. Nach einem schnellen Frühstück begann sie damit, für den heutigen Tag noch zwei Torten zu backen. Und zum Glück ging ihr die Arbeit an diesem Vormittag flott von der Hand. Schließlich war alles fertig und sie konnte sich auf den Weg ins Café machen. Dort angekommen erhellte sich ihre Stimmung sofort; das war immer so, wenn sie hier war. Nein, sie würde weiterkämpfen so lange es nur ging, dachte sie und begann mit den täglichen Vorbereitungen. Als sie dann öffnete, standen tatsächlich bereits zwei ältere Damen vor der Tür und wollten bei ihr frühstücken. Die eine hatte sogar daran gedacht, ihr einen kleinen Nikolaus aus Schokolade mitzubringen.

„Ich fahre an diesem Wochenende zu meinen Kindern, daher kann ich nicht wie gewöhnlich am Sonntagmorgen hier sein, aber ich wünsche Ihnen schon jetzt eine frohe Adventszeit!", sagte sie dazu.

An dem Tag hatte sie noch eine Freundin mitgebracht.

„Wie lange werden Sie denn dort sein?", erkundigte Annett sich freundlich und bedankte sich für den Nikolaus.

„Nur ein paar Tage, Kindchen, dann bin ich wieder da, keine Angst", beruhigte sie die Dame und lächelte. „Aber ich wollte Ihnen doch gern einen ganz kleinen Adventsgruß zukommen lassen. Sie geben sich immer so viel Mühe!", fügte sie noch hinzu.

Gerührt nahm Annett dieses Präsent entgegen, bevor sie in die Küche eilte, um das bestellte Frühstück so schnell wie möglich zu servieren. Als sie wenig später mit dem gefüllten Tablett zurück kam, studierte gerade eine der Damen die Weihnachtsgeschichte, die sie auf den Tisch gelegt hatte.

„Das ist ja ganz reizend geschrieben – diese Zeilen haben mich sehr berührt", sagte sie bewegt. „Wann haben Sie denn nur Zeit gefunden, auch noch Geschichten zu schreiben?", erkundigte sie sich freundlich bei Annett.

Die schüttelte den Kopf, um diesen Irrtum richtig zu stellen.

„Gar nicht, das stammt nicht aus meiner Feder!", bekannte sie, und erzählte, dass eine gute Freundin von ihr seit einiger Zeit Bücher schrieb.

„Ich habe bereits Plakate mitgebracht, am dritten Advent wird sie ihr neues Weihnachtsbuch erstmalig hier bei mir vorstellen. Ich würde mich sehr freuen, Sie beide dann auch hier begrüßen zu dürfen!", lud sie die beiden Freundinnen ein.

„Oh ja, da werde ich sehr gern kommen!", rief ihr Stammgast sofort begeistert.

„Was ist mir Dir?", wandte sie sich an ihre Begleiterin.

Die hatte bereits ihren Terminkalender aus der Handtasche gezogen und fragte, zu welcher Uhrzeit diese weihnachtliche Lesung denn beginnen würde.

„Direkt im Anschluss an die normalen Öffnungzeiten des Cafés, also ab 18.00 Uhr", gab Annett bereitwillig Auskunft.

„Schon notiert – wir werden sicher beide kommen!"

„Sehr schön", freute sich Annett und fügte hinzu: „Bringen Sie gern noch mehr Gäste mit, meine Freundin hofft natürlich auf viele Zuhörer!"

Und ich auch, fügte sie in Gedanken hinzu.

„Ich werde sehen was sich machen lässt – versprochen!", versicherte ihr die nette Dame, bevor sie sich mit den Worten: „Das sieht ja wirklich köstlich aus, da hast Du nicht zu viel versprochen, meine Liebe" ihrem Frühstück zuwandte.

„Guten Appetit!", wünschte Annett noch, bevor sie zum nächsten Tisch eilte, an dem gerade ein älterer Herr Platz genommen hatte. Auch er war bereits häufiger bei ihr zu Gast gewesen, und sie freute sich immer ihn zu sehen.

„Guten Morgen, Herr Zimmermann", begrüßte sie ihn herzlich.

„Ich wünsche Ihnen ebenfalls einen guten Morgen", gab er zurück, während er kurz aufstand und sich vor ihr verbeugte. Annett war das immer ein wenig peinlich, aber er bestand darauf. Herr Zimmermann war und blieb eben ein Kavalier der alten Schule, darauf legte er selbst auch den allergrößten Wert, wie er energisch betonte.

„Nein, nein, das geht doch nicht anders, schließlich sind Sie eine Dame", hatte er zu ihr gesagt, als sie ihn bat doch Platz zu behalten, wenn sie kam, um nach seinen Wünschen zu fragen. Inzwischen fand sie ihn und seine etwas altmodische Galanterie absolut reizend.

„Was kann ich denn heute für Sie tun?", fragte sie, und er bestellte sich zunächst eine Tasse Kaffee und dazu ein belegtes Brötchen. Kurz darauf stand beides vor ihm. Da noch keine neuen Gäste gekommen waren, hängte Annett erst einmal die Plakate für die geplante Lesung auf. Die Ankündigung war wirklich gelungen, fand sie und hoffte, dass möglichst viele Gäste Interesse zeigen würden. Sie wusste, ihre Freundin Claudia schrieb alle ihre Geschichten mit viel Herzblut und wünschte ihr sehr den ersehnten Erfolg! Der Rest des Tages verlief wieder einmal ohne besondere Vorkommnisse. Am Nachmittag kamen noch einige Gäste, und so war auch dieser Tag viel zu schnell vorbei, und sie schloss ihr Café um nach Hause zu gehen.

Der übernächste Tag war Sonntag, der erste Advent, und Annett erhoffte sich an diesem Tag einige Gäste mehr als in der Woche. Ihr Wunsch wurde erfüllt. Schon früh kam eine Gesellschaft mit sechs Leuten und wollte bei ihr frühstücken. Dann erschienen noch einige Stammgäste und ein junger Mann, der ihr auffiel, weil er ganz allein am Tisch saß. Als sie ihn nach seinen Wünschen fragte, sah er kurz hoch und bestellte einen Kaffee und ein Stück Kuchen.

„Ja, welchen Kuchen darf ich Ihnen denn bringen? Möchten Sie eventuell selbst zur

Kuchentheke kommen und sich etwas aussuchen?", bot sie ihm an.

„Etwas Leichtes mit Früchten, das hätte ich gern, suchen Sie einfach etwas für mich aus", bat er.

Annett lachte und ging. Sie überlegte einen Moment lang, und brachte ihm dann ein Stück ihrer Himbeer-Joghurt-Torte, die war allgemein beliebt, wie sie wusste.

„Das ist bestimmt eine gute Wahl", freute er sich, als sie es ihm reichte und fragte: „Ist es recht so?"

„Auf jeden Fall, vielen Dank!", antwortete er und lächelte sie freundlich an. Sie fand ihn sehr sympathisch, mit den dunklen Locken und den fröhlichen braunen Augen.

„Sehr gern, ich wünsche Ihnen einen recht guten Appetit!", sagte Annett und wandte sich zum Gehen, da sie gesehen hatte, dass ihr ein Gast, der am Nebentisch saß, ein Zeichen gemacht hatte, dass er bezahlen wollte.

Einige Male kam sie noch an dem Tisch vorbei, an dem der junge Mann weiterhin ganz allein saß. Er schien es nicht eilig zu haben, sondern studierte in aller Ruhe die weihnachtlichen Geschichten, die sie auf den runden Tischen ausgelegt hatte, sah zwischendurch hoch und lächelte sie ab und zu an. Als sie wieder einmal wieder an seinem Tisch vorbei kam und ihn fragte, ob er noch einen weiteren Kaffee oder ein Stück Torte wollte, schüttelte er nur den Kopf. Also kümmerte sie sich um die weiteren Gäste, die an diesem ersten Sonntag im Advent eingetrudelt waren. An diesem Tag lief ihr Geschäft endlich einmal gut, und Annett war sehr zufrieden. Als letzter Gast saß der junge Mann noch immer an seinem Tisch und brütete vor sich hin, so kam es ihr jedenfalls vor. Schließlich ging sie zu ihm und sagte:

„Verzeihen Sie bitte, aber Sie sind der letzte Gast, ich würde das Café gern gleich schließen, darf ich Sie dann auch bitten zu zahlen?"

„Ja, normalerweise schon, aber heute kann ich es leider nicht", gestand er ihr verschämt. „ Es ist mir entsetzlich peinlich, aber ich habe festgestellt, dass ich entweder mein Geld im Büro vergessen oder es womöglich sogar verloren habe. Es tut mir sehr leid, aber was machen wir nun?", fragte er mit so treuherzigem Gesicht, dass Annett gar nichts anderes übrig blieb als ihm zu antworten: „Das tut mir auch leid, aber was hilft es. Ein Kaffee und ein Stück Torte das ich nicht bezahlt bekomme, das wird mich sicher nicht umbringen."

Ihr Gast bekam einen roten Kopf vor Verlegenheit. Dann raffte er sich auf und erklärte noch einmal: „Es ist ganz bestimmt keine Ausrede, bitte glauben Sie mir das! Ich werde morgen auf jeden Fall wiederkommen und meine Schulden bezahlen! Ich heiße übrigens Michael Wegener und wohne in der Weststraße 19. Das können Sie gern im Telefonbuch nachschlagen, wenn Sie möchten. Das alles ist mir äußerst unangenehm!"

„Es ist schon in Ordnung, ich glaube Ihnen, aber jetzt würde ich Sie wirklich bitten zu gehen, ich habe noch einiges zu tun", meinte Annett.

„Natürlich werde ich gehen, aber ich komme morgen ganz bestimmt wieder!", beteuerte Herr Wegener noch einmal, als Annett ihn sanft aber bestimmt zur Tür hinausschob. Als sie allein war, seufze sie. Ob er wirklich morgen wiederkommen würde? So recht konnte sie nicht daran glauben, aber wer konnte das so genau wissen. Sie würde sich auf jeden Fall freuen, ihn noch einmal wieder zu sehen. Sie konnte sich gar nicht so recht erklären wieso, aber sie mochte ihn. Energisch wischte sie den Gedanken beiseite, sie hatte doch wahrhaftig genug zu tun, für eine mögliche Beziehung blieb ihr momentan wahrlich keine Zeit.

Kaum stand Michael Wegener draußen vor der Tür, als ihm ein Gedanke kam. Hatte er nicht vorgestern in der Teeküche noch einige seiner alten Kreditkarten aus der

Brieftasche heraus nehmen wollen? Dann hatte das Telefon geklingelt, und ein wichtiger Kunde wollte unbedingt noch eine Auskunft von ihm. Daher war er noch einmal an den PC zurück gegangen. Dann hatte er den Kunden zurück gerufen und war anschließend endlich nach Hause gegangen. Es war wieder einmal spät geworden an diesem Freitagabend – wie so oft. Er hatte einfach ganz vergessen, die Brieftasche wieder einzustecken. Und da er am Samstag gar nicht mehr in der Firma gewesen war, hatte er nicht mehr daran gedacht. Ja, so musste es gewesen sein! Trotzdem ließ ihm diese Sache keine Ruhe. Es war ihm sehr unangenehm gewesen, seine Zeche nicht zahlen zu können. Also fuhr er zunächst noch einmal in sein Büro. Tatsächlich wurde er dort schnell fündig. Erleichtert steckte er seine Brieftasche wieder ein. Er sollte sich doch wohl besser angewöhnen, immer ein wenig Kleingeld gesondert bei sich zu tragen, nahm er sich vor. Die Inhaberin des neuen kleinen Cafés war wirklich sehr vertrauensselig gewesen, fand er. Sie konnte ja schließlich nicht wissen, dass es ihm nicht einmal im Traum eingefallen wäre, sie zu betrügen. Hübsch war sie auch, die Kleine. Sie hatte ihm auf den ersten Blick ausnehmend gut gefallen. Es war mutig und in der heutigen Zeit nicht leicht, sich selbstständig zu machen, das war ihm nur zu bewusst, denn als Unternehmensberater hatte er den Leuten leider viel zu oft die Illusion vom schnell verdienten Geld nehmen müssen. Er selbst hatte das Glück gehabt seine Firma von einem Onkel übernehmen zu können. Der hatte sich erst kürzlich zur Ruhe gesetzt, und seither führte Michael den Betrieb allein. Wenn sein Onkel ihn nicht, über Jahre hinweg, so gründlich eingearbeitet hätte, dann wäre er sicher ab und zu auch schon mal ins Schwimmen gekommen. Glücklicherweise hatte er aber auch einige zuverlässige Mitarbeiter, die teilweise schon jahrelang in der Firma arbeiteten. Außerdem stand sein Onkel ihm notfalls immer noch mit Rat und Tat zur Seite, das wusste Michael. Und das war und blieb auf jeden Fall ein beruhigender Gedanke für ihn. Er würde dieser netten jungen Frau auf jeden Fall seine Unterstützung anbieten, so nahm er sich vor. Zunächst einmal kostenlos natürlich, das war er ihr einfach schuldig, fand er. Außerdem wollte er sie gern wiedersehen, wie er sich eingestand. Er war seit einigen Monaten wieder solo, weil seine Freundin es nicht ertragen hatte, dass er häufig wenig Zeit für sie erübrigen konnte. Michael nahm seine Arbeit sehr ernst, aber dieser Zustand gefiel ihm auf die Dauer auch nicht so recht.

Am nächsten Morgen hatte sie gerade geöffnet, da stand er schon vor ihr.
„Hallo! Guten Morgen, ich hätte gern ihr Reisefrühstück, bevor ich zur Arbeit muss. Dieses Mal bezahle ich es auch und meine Schulden von gestern ebenfalls", grinste er. Annett nickte nur und begab sich in die Küche, um das bestellte Frühstück zu richten. Da er bislang allein im Gastraum war, folgte sie seiner Bitte und setzte sich

auf eine Tasse Kaffee zu ihm. Er erzählte ihr, er sei selbstständig und hatte sein Geld tatsächlich im Büro liegen lassen. Als er am Tag zuvor aufgebrochen war, fiel ihm diese Möglichkeit wieder ein, und er war gleich noch einmal zurück gegangen um nachzuschauen ob seine Vermutung richtig war. Zum Glück hatte sie sich bestätigt.

„Was machen Sie denn beruflich?", erkundigte Annett sich.

„Ich berate Leute wie Sie, meistens allerdings im etwas größeren Stil", erklärte er ihr. Dann fragte er diskret, wie sie denn zurechtkäme und bot ihr gegebenenfalls auch seine Hilfe an.

„Kostenlos natürlich, Sie waren gestern so nett zu mir, das hätte sicherlich nicht jeder getan. Sie kannten mich doch gar nicht. Ich hätte genauso gut ein Zechpreller sein können!"

„Ach was", lachte Annett. „Das hätte sich doch gar nicht gelohnt!"

„Trotzdem, ich fand das fabelhaft von Ihnen und sehr großzügig", versicherte er ihr noch einmal ernsthaft. „Aber sagen Sie mir bitte, meine Frage war durchaus ernst gemeint, als ich wissen wollte, wie Sie zurechtkommen. Ich möchte mich Ihnen natürlich nicht aufdrängen, aber mir ist aufgefallen, dass die Gäste ihnen nicht gerade alle Türen einrennen. Dabei ist ihre Torte wirklich superb!"

„Vielen Dank! Backen ist mein Hobby, und das habe ich zu meinem Beruf gemacht. Aber Sie haben leider recht, es könnte besser laufen", musste Annett zugeben.

Dann fasste sie sich ein Herz und erzählte ihm ihre Geschichte. Sie sprudelte einfach alles heraus was sie bewegte. Ihren Frust über den ungeliebten Job im Büro, dann die Idee, das Café zu eröffnen und auch die damit verbundenen Sorgen. Wieso erzähle ich das eigentlich einem Wildfremden? Das fragte sie sich, aber gleichzeitig wusste sie, dass dieser Michael eigentlich schon längst kein Fremder mehr für sie war – warum auch immer. Ihm schien es ähnlich zu gehen, denn er hörte ihr mit großer Aufmerksamkeit zu, während sein Frühstück unberührt vor ihm stand.

Dann ertönte die Glocke über der Tür und ein weiteres Paar betrat den Raum. Sie wählten einen Tisch am Fenster und setzten sich. Annett stand auf, um sich nach ihren Wünschen zu erkundigen. Die beiden baten zunächst einmal um die kleine Frühstückskarte, die Annett ihnen brachte, bevor sie zu Michael zurück ging. Sie forderte ihn auf, sich nun endlich seinem Frühstück zu widmen, da er ja schließlich erwähnt hatte, er müsse noch ins Büro.

„Ja stimmt, und Hunger habe ich inzwischen auch bekommen", erwiderte er und begann zu essen.

„Der Kaffee ist unterdessen sicher kalt geworden", befürchtete sie und fügte hinzu: „ich bringe Ihnen gleich noch einmal eine Tasse!"

„Danke, machen Sie sich keine Umstände meinetwegen", wiegelte er ab.

„Das ist durchaus keine Mühe", meinte sie und ging in die Küche, um gleich darauf eilig mit frischem Kaffee für ihn zurückzukommen.

„Danke", sagte er lächelnd, während er die Tasse entgegennahm.

Annett wandte sich ab, um sich dem neu eingetroffenen Pärchen zu widmen. Nachdem die beiden bestellt hatten, ging sie erneut in die Küche, um ein weiteres Frühstück zuzubereiten. Nachdem sie es serviert hatte, ging sie noch einmal zu dem Tisch, an dem Michael Wegener saß.

„Bitte verzeihen Sie, dass ich Sie vorhin so zugetextet habe, das ist eigentlich gar nicht meine Art", begann sie sich zu entschuldigen.

„Aber ich bitte Sie, ich habe Sie doch gefragt, und ich wollte es auch wirklich wissen!", beschwichtigte der junge Mann sie. Dann fügte er hinzu: „Ich muss jetzt leider gehen, aber ich würde gern noch einmal ganz in Ruhe darüber nachdenken und Ihnen dann einige Vorschläge machen, wie wir Ihre Situation ändern und hoffentlich verbessern können. Ich habe da schon die eine oder andere Idee. Darf ich eventuell in den nächsten Tagen noch einmal vorbeischauen? Wann, außerhalb der Öffnungszeiten des Cafés würde es Ihnen denn passen? Am besten rufe ich Sie an", schlug er vor und griff nach einem der Visitenkärtchen, die auf den Tischen lagen. Dann bestand er noch darauf zu bezahlen und verabschiedete sich eilig von Annett. Noch im Hinausgehen rief er: „Ich melde mich – ganz bestimmt!"

Ja, das wäre schön, dachte Annett. Ob ihr Stoßgebet doch etwas bewirkt hatte?

In den nächsten Tagen füllte sich das Café bereits morgens, und Annett musste sogar ihre Mutter anrufen und um Hilfe bitten.

„Klar komme ich! Jederzeit und gern sogar", versicherte ihre Mutter ihr stets, wenn sie sich meldete. Die beiden waren wirklich ein gutes und eingespieltes Team.

„Die Arbeit bei Dir macht mir richtig Freude!", versicherte ihre Mutter Annett.

„Ja und Papa, vermisst der Dich nicht zu sehr, wenn Du so oft hier bist?", fragte Annett vorsichtshalber.

„I wo, der sitzt doch voll Begeisterung den ganzen Tag an seinem PC. Wenn er ab und zu von mir bekocht wird, dann ist er vollends zufrieden", meinte ihre Mutter und lachte.

„Na ja, wenn Du meinst", zweifelte Annett.

„Aber ja, mach Dir keine Sorgen!" sagte ihre Mutter energisch und damit war das Thema beendet.

Immer häufiger ging jetzt das Telefon, Leute bestellten einen Tisch oder wollten sich gern zu der weihnachtlichen Lesung anmelden. Zwischendurch kam auch noch Laufkundschaft, um das eine oder andere Stück Torte zu kaufen und für zuhause mit zu nehmen. Endlich schien das Eis gebrochen zu sein, oder lag es daran, dass Advent war? Egal, Annett war froh über diese Wendung der Dinge. Über dem ganzen Trubel hatte sie die Begegnung mit Michael Wegener fast vergessen, aber nur fast. Als sie einige Tage später wieder einmal über ihren Abrechnungen saß, dachte sie wieder an ihn. Ob er sich wohl noch einmal melden würde? Versprochen hatte er es schließlich, und er hatte bei ihr den Eindruck erweckt, es ernst zu meinen. Inzwischen bereute sie es fast, ihm ihre Sorgen anvertraut zu haben. Was hatte sie sich nur dabei gedacht? Da hatte sie eindeutig einen äußerst schwachen Moment gehabt. Aber er war ja auch tatsächlich wieder gekommen um seine Schulden zu bezahlen. Er schien also seriös zu sein, hoffte sie. Hatte er nicht sogar erwähnt wo er wohnte? Fieberhaft versuchte sie sich daran zu erinnern. Wie lautete nur der Name der Straße in der lebte? Ach ja, er hatte erzählt, dass er ein kleines Appartement in der Weststraße bewohnte. Dort gab es diese großen Wohnblocks mit den neuen, teuren Eigentumswohnungen, erinnerte Annett sich plötzlich. Wie war doch die Hausnummer gleich? Egal, falls er im Telefonbuch stehen würde, wäre es sicher kein Problem, ihn ausfindig zu machen. Aber wollte sie das wirklich? Wieder kamen ihr Zweifel. Dennoch schnappte sie sich das dicke Telefonbuch und schlug es auf. Auf einer der Seiten mit dem Buchstaben W fand sie seinen Namen. M. Wegener, Unternehmensberatungen stand dort. Das müsste er sein, dachte sie. Er wohnte in der Weststraße 19. Richtig, so hatte er es ihr auch gesagt. Sie notierte seine Telefonnummer, legte sie aber erst einmal beiseite. Sie wollte in aller Ruhe überlegen ob und wann sie sich bei ihm melden würde. Es eilte nicht, fand sie. Dann widmete sie sich zunächst wieder ihrer Buchhaltung. Wenn sie eines in ihrem ungeliebten Beruf gelernt hatte, dann das, dachte sie dabei. Also war diese Ausbildung wohl doch nicht so ganz umsonst gewesen.

Am nächsten Nachmittag läutete wieder einmal das Telefon, und Annett melde sich in ihrem üblichen geschäftsmäßigen Ton: „Café Korte – guten Tag. Was kann ich für Sie tun?“

„Hallo hier ist Michael Wegener!", tönte es ihr entgegen.

Mit Verwunderung nahm Annett wahr, dass ihr Herz augenblicklich zu rasen schien. Der junge Mann hatte sie also nicht vergessen, wie schön!

„Hallo Herr Wegener, nett von Ihnen zu hören", gab sie, so ruhig sie konnte, zurück.

„Ich wollte mich schon längst gemeldet haben, aber ich habe mir eine böse Erkältung zugezogen und konnte zwei Tage lang kaum sprechen, aber ich hatte Zeit, mir einige Gedanken zu machen wie man ihr Café noch besser in Schwung bringen kann. Wann darf ich Ihnen denn meine Vorschläge einmal unterbreiten?", fragte er.

„Momentan habe ich absolut keine Zeit, aber an einem der nächsten Abende, da könnte es gehen", antwortete sie.

„Ja gern, wie wäre es gleich morgen?", fragte er eifrig.

„Das kann ich einrichten. Wann und wo wollen wir uns treffen?", fragte Annett.

„Vielleicht darf ich Sie abholen, wenn das Café geschlossen ist und zum Essen einladen?", schlug er vor.

„Ja gern", antwortete sie und fügte hinzu „so gegen 19.30 Uhr müsste ich fertig sein", überlegte sie weiter.

„Wunderbar, was essen Sie denn gern? Ich möchte versuchen, einen Tisch zu reservieren. Zurzeit sind ja so viele Weihnachtsfeiern, da ist das sicher besser!"

„Italienisch esse ich sehr gern, aber es kann auch etwas anderes Lokal sein, je nachdem wo Sie einen Platz für uns finden. Ich lasse mich gern einfach von Ihnen überraschen!", antwortete Annett völlig unbekümmert.

„Wunderbar, ich freue mich! Mal sehen was sich machen lässt. Ich werde vor der Tür auf Sie warten. Machen Sie sich keine Gedanken, falls Sie es nicht ganz so pünktlich schaffen sollten. Ach ja, ich fahre übrigens einen dunkelblauen Audi."

Annett stimmte schnell zu und legte auf. Sie freute sich sehr auf diese erneute

Begegnung mit Michael Wegener, auch wenn diese mehr oder weniger geschäftlich sein würde.

„Was war los?", erkundigte sich ihre Mutter, der nicht entgangen war, dass Annett den Telefonhörer mit einem verklärten Gesichtsausdruck vorsichtig zurück gelegt hatte.

„Erzähle ich Dir später!", antwortete Annett kurz, weil in dem Augenblick neue Gäste das Café betreten hatten.

Mit dieser Auskunft gab sich ihre Mutter vorerst zufrieden. Als sie später mit Hilfe ihrer Mutter aufräumte, fragte die Annett noch einmal nach dem geheimnisvollen Anruf.

„Das war wirklich etwas leichtsinnig von Dir, ihn einfach so gehen zu lassen ohne zu bezahlen", tadelte ihre Mutter Annett.

„Was hätte ich denn tun sollen, er hatte doch kein Geld dabei", verteidigte sich ihre Tochter.

„Er scheint ja auch ein netter Kerl zu sein, aber es hätte auch genauso gut anders sein können. Manchmal bist Du einfach zu gutmütig, mein Kind!", stellte ihre Mutter fest.

„Du musst mir übermorgen bitte unbedingt erzählen wie Euer Treffen verlaufen ist, ja?", bat sie Annett.

„Ja natürlich, das mache ich!", versprach Annett und nahm sich im selben Moment vor, gerade das auf gar keinen Fall zu tun. Ihr würde schon etwas einfallen was sie ihrer Mutter erzählen konnte. Die nickte wortlos; sie kannte ihre Tochter nur zu gut. Die würde sicher nur berichten, was ihr in den Kram passte, aber das war ja auch in Ordnung, fand sie. Annett hatte schon viel zu lange so gut wie kein Privatleben, und das müsste sich dringend ändern, meinte sie.

Am nächsten Tag wunderte Annett sich selbst, wie ungeduldig sie den Abend erwartete. Zum Glück war auch an diesem Tag das kleine Café wieder rappelvoll, und die Zeit verging wie im Fluge. Endlich waren die letzten Gäste gegangen, und Annett konnte mit der Hilfe ihrer Mutter aufräumen und daran denken, sich für das Treffen mit Michael, so nannte sie ihn in Gedanken, umzuziehen. Sie freute sich sehr darauf ihn zu sehen und war natürlich äußerst gespannt auf seine angekündigten Verbesserungsvorschläge. Und schließlich verabschiedete ihre Mutter sich ebenfalls, kam dann allerdings noch einmal kurz zurück, um Annett zu berichten, dass ein dunkelblaues Auto vor ihrer Tür stand.

„Ein junger Mann sitzt darin, ist er das?", fragte sie.

„Ja, das wird er wohl sein, denke ich", antwortete Annett schnell.

„Ich wünsche Euch einen netten Abend", sagte ihre Mutter und ging dann endgültig. Manchmal konnte ihre Mutter tatsächlich unerwartet diskret sein, dachte Annett dankbar. Dann beeilte sie sich, um Michael nicht länger als nötig warten zu lassen.

„Da sind Sie ja!", begrüßte er sie begeistert, als sie wenig später aus dem Haus trat.

Er war inzwischen ausgestiegen und öffnete ihr höflich die Beifahrertür.

„Wir haben richtig Glück, bei meinem Lieblingsitaliener gab es eine kurzfristige Absage, da konnte ich den Tisch gleich für uns reservieren", erzählte er. Was er ihr allerdings verschwieg war die Tatsache, dass es ihn einen Schein extra gekostet hatte, dieser Absage etwas auf die Sprünge zu helfen. Egal, es hatte geklappt!

„Ich habe mich schon den ganzen Tag auf Sie gefreut!", beteuerte er ihr, als sie auf dem Beifahrersitz Platz genommen hatte und er wieder im Auto saß. „Ich hoffe, Sie haben genügend Hunger mitgebracht! Bei Alfredo gibt es eine phantastische, sehr umfangreiche Karte."

„Wie schön! Ich habe seit dem Frühstück nichts mehr gegessen, es war einfach keine Zeit dazu", berichtete Annett.

„Dann müssen Sie ja halb verhungert sein!"

„Ach was, so schlimm ist es auch nicht, aber Appetit habe ich jetzt schon!", gab Annett zu.

Wenig später saßen sie bei dem Nobelitaliener in der Innenstadt, den

Annett bisher nur von außen kannte. Michael hatte einen kleinen Tisch für zwei Personen, direkt am Fenster für sie bekommen können.

„Ist die Weihnachtsbeleuchtung nicht wunderschön?", fragte er Annett.

Die stimmte ihm zu. Sie hatte leider noch gar keine Zeit gefunden in die Stadt zu gehen um sich dort die weihnachtlich geschmückten Straßen anzuschauen. Dann brachte der Kellner schon die Speisekarte und beide studierten sie erst einmal ausgiebig, bevor sie sich entschieden.

„Also dann zwei mal die Spagetti Veronese mit Salat – eine gute Wahl! Möchten Sie ein Glas Wein dazu?", fragte der Kellern dienstbeflissen.

Michael sah fragend zu Annett hinüber.

„Ja gern", bestätigte sie.

Michael bestellte für sich einen fruchtigen, leichten Weißwein und Annett schloss sich seinem Wunsch an. Der Kellner nickte und bevor er verschwand versprach er Annett: „Kommt sofort, der wird Ihnen sicher schmecken."

Während sie auf das bestellte Essen warteten, unterbreitete ihr Michael schon einige seiner Vorschläge. Er hatte sogar ein neues Firmenlogo für sie entworfen, das Annett auf Anhieb gefiel.

„Sie sollten sich das auf Ihre Abrechnungsblocks drucken lassen!", schlug er vor. „Ich kenne eine Firma die macht solche Sachen sehr preiswert!"

Überhaupt hatte er offenbar bei allem darauf geachtet, dass seine Verbesserungen ihr spärliches Budget nicht zu sehr belasten sollten. So kannte er den Chefredakteur der örtlichen Tageszeitung gut. Den wollte er ansprechen um für Annett einen besonders guten Preis für einige Werbeanzeigen auszuhandeln. Zusätzlich hatte er die Idee, eine Woche im Monat unter ein bestimmtes Motto zu stellen. Die Leute wurden immer anspruchsvoller und wollten nicht nur leckere Kuchen und Torten essen, sondern dazu möglichst abwechslungsreich bewirtet und dabei am besten auch noch gut unterhalten werden.

„Ich habe doch die Lesung am nächsten Sonntag", wandte Annett ein. Ihr schwindelte. Michael war in seinem Überschwang einfach nicht zu bremsen, aber wie sollte sie das alles allein bewältigen? Ihre Mutter war ihr eine große Hilfe, aber auf die Dauer wollte sie deren ständige Bereitschaft, sie zu unterstützen, keineswegs ausnutzen.

„Stimmt, die Lesung ist schon mal ein guter Anfang. Haben sich denn schon einige Interessenten gemeldet?"

„Ja, es gibt Anmeldungen, aber es könnten natürlich mehr sein", musste Annett ein wenig beschämt zugeben.

„Hast Du die Veranstaltung auch in der örtlichen Presse angekündigt?", fragte Michael, dem in seinem Eifer gar nicht aufgefallen war, dass er Annett plötzlich duzte. Aber sie ging gar nicht näher darauf ein, sondern verfiel gleichfalls ohne Probleme in das vertraute Du. Es war eigenartig, aber ihr war so, als hätte sie Michael schon ein Leben lang gekannt.

„In der Zeitung nicht, aber natürlich über Facebook, und im Café hängen ja auch überall die Plakate!"

„Dann rufe ich gleich morgen dort an. Der eine Lokalredakteur schuldet mir ohnehin noch einen Gefallen. Er soll mal eine Ankündigung machen und am Sonntag am besten auch Jemanden vorbeischicken, der einen Artikel schreibt und ein Foto dazu macht!", notierte Michael sich.

So ging es weiter und weiter, bis Annett der Kopf rauchte. Inzwischen war ihr Essen serviert worden und beide ließen es sich schmecken.

„Das war eine gute Idee von Dir, hierher zu gehen!", sagte Annett als sie sich satt und zufrieden zurück lehnte.

„Ja, nicht wahr?" freute sich Michael.

„Trotzdem, die Kosten für Deine Ideen, die machen mir noch ein wenig Kopfweh", bekannte sie, aber Michael beruhigte sie.

„Das kriegen wir auch in den Griff! Wie wäre es denn mit einer Schülerin oder einer Praktikantin zur Aushilfe? Die kostet nicht viel Geld."

Das war nur einer seiner kreativen Vorschläge. Als sie aufbrachen war es spät geworden.

„Ich könnte hier noch stundenlang sitzen und mit Dir Pläne schmieden, aber ich muss morgen wieder sehr früh raus. Bring mich bitte nach Hause", sagte Annett schließlich.

„Bitte entschuldige, daran habe ich gar nicht gedacht. Wir fahren gleich, lass mich nur noch schnell zahlen", sagte Michael und gab dem Kellner ein Zeichen. Der verstand sofort, kam mit der Rechnung und Michael ließ diskret einen größeren Schein in seine Hand gleiten.

„Vielen Dank und bis zum nächsten Mal", sagte er dabei.

Der Kellner verbeugte sich und ging um Annett´s Mantel zu holen.

„Der Service hier ist wirklich super!", stellte sie fest, als der Mann ihr in den Mantel half.

„Stimmt", bestätigte ihr Michael. „Nicht zuletzt deshalb komme ich so gern hierher!

Erst als sie nach draußen traten, bemerkten sie, dass es inzwischen sacht zu schneien begonnen hatte. Die alten Häuser in dieser Straße trugen weiße Zipfelmützen und man konnte die Fahrbahn bereits nicht mehr erkennen.

„Komm schnell ins warme Auto", drängte Michael, aber Annett zögerte. Sie hatte einen Laut gehört. Ein leises Wimmern, so kam es ihr vor.

Sie ging einen Schritt zur Seite, das zarte Wehklagen wurde lauter. Noch zwei, drei Schritte und sie sah ein winziges Kätzchen im Schnee hocken.

„Michael, schnell, komm her. Hier miaut eine kleine Katze!", rief sie.

Michael, der inzwischen das Auto gestartet und die Sitzheizung angestellt hatte, kam sofort herbeigestürzt.

„Ich habe eine Decke im Auto, falls ich mal eine Panne habe oder auf der Autobahn ein Stau sein sollte. Darin können wir das Kleine wärmen!", sagte er fürsorglich.

„Magst Du Katzen?", fragte Annett ihn.

„Ich liebe Katzen, sehr sogar! Aber ich habe leider viel zu wenig Zeit, sonst hätte ich längst eine eigene zuhause. Als kleiner Junge hatte ich einen dicken schwarzen Kater, den habe ich sehr geliebt und war unendlich traurig als er starb. Er ist allerdings sehr alt geworden, sechzehn oder siebzehn Jahre, sofern ich mich recht erinnere. Meine Mutter weiß das bestimmt ganz genau!"

„Mir geht es ähnlich, ich liebe Katzen, habe aber keine aus dem gleichen Grund wie Du, aber diese kleine Katze braucht unbedingt ein Zuhause. Ich möchte sie nicht in ein Tierheim bringen, noch dazu jetzt, so kurz vor Weihnachten", überlegte Annett.

„Aber kennst Du jemanden der sie aufnehmen würde?", fragte Michael.

„Nein, auf Anhieb fällt mir leider niemand ein", musste Annett zugeben.

„Weißt Du was, für diese Nacht nehme ich sie erst mal mit zu mir", entschied sie.

Dann nannte sie Michael ihre Adresse. Die kleine Katze hatte sich unterwegs schnell von der Decke befreit und kuschelte sich voller Vertrauen in Annett´s Arme. Mager war sie, aber dennoch wunderschön mit ihren großen, grünen Augen und dem dunkel gefleckten Pelz. Fast wie ein kleiner Leopard, fand Annett. Gerührt sah sie ihren Schützling an. Und in dem Augenblick wusste sie, das war eine Fügung des Himmels, dieses hilflose Wesen brauchte sie. Sie würde irgendeinen

Weg finden müssen um dieses Problem zu lösen.

Als sie vor ihrem Haus standen, blickte Michael lächelnd zur Seite.

„Wir sind da. Du wirst sie behalten, nicht wahr?", fragte er leise.

„Ja, das würde ich nur zu gern, ich weiß allerdings noch nicht wie das gehen soll, aber ich kann sie nicht einfach wieder abgeben, das ist so sicher wie das Amen in der Kirche!"

„Weißt Du was? Ich habe eine glänzende Idee. Das wird nicht so ganz einfach, aber Probleme sind schließlich dazu da sie zu lösen, nicht wahr?" sagte Michael.

Er stieg aus und öffnete die Beifahrertür um Annett mit ihrer kostbaren Last aussteigen zu lassen. Dann brachte er sie bis zum Haus, fragte nach ihrem Schlüssel und öffnete auch die Eingangstür für sie.

„Ich melde mich morgen – versprochen!"

„Du mit Deinen Ideen, an was denkst du denn jetzt schon wieder?", fragte Annett ihn neugierig.

„Das kann ich Dir nicht in zwei Sätzen sagen, und vielleicht ist es ja auch eine Schnapsidee, aber ich dachte, Du könntest Dein Café vielleicht in ein Katzencafé umwandeln, das liegt doch jetzt voll im Trend, was hältst Du davon? Schlaf erst mal eine Nacht drüber! Es ist spät, wir reden besser morgen weiter!", meinte er fürsorglich und verabschiedete sich. Das Letzte was Annett von ihm sah, war sein liebevolles Winken, bevor er davon brauste.

Dann öffnete sie die Wohnungstür und ließ ihre neue Mitbewohnerin erst einmal ihr neues Zuhause erkunden. Die kleine Katze war offenbar sehr neugierig, denn sie lief hierher und dorthin und schnüffelte erst einmal alle erreichbaren Ecken und Winkel genauestens ab. Als sie allerdings sah, dass Annett, nachdem sie Schuhe und Mantel ausgezogen hatte, in die Küche ging und den Kühlschrank öffnete, um nachzuschauen was sie ihrem Gast anbieten konnte, lief sie schnell herbei und maunzte verlangend. Annett nahm ein kleines Tellerchen aus dem Schrank und servierte der Katze zunächst ein klein geschnittenes Stück gekochten Schinken, dass im Nullkommanichts verschwand. Dann fand sie noch eine Dose Thunfisch, der zum großen Teil auch von der Katze gleich heißhungrig verschlungen wurde. Anschließend schien sie, für den Moment wenigstens, satt zu sein.

„Arme Kleine, Du bist ja wirklich ganz ausgehungert", sagte Annett mitleidig. Dann nahm sie ein zweites Schälchen aus dem Schrank und füllte es mit Wasser, falls die Katze Durst haben sollte. Die Katze schnüffelte auch daran und tauchte, mehr aus Höflichkeit so kam es Annett vor, ihre kleine rosa Zunge einige Male in das kühle Nass, und wandte sich dann ab. Sie stolzierte schnurstracks auf den großen Sessel zu, sprang hinauf und rollte sich schnell zusammen, um zuerst einmal ein Nickerchen zu machen. Gerührt sah Annett ihr dabei zu. Jetzt erst konnte sie die kleine Katze in aller Ruhe anschauen. Bildhübsch war sie, obwohl so mager, dass man fast sehen konnte, wie ihre dünnen Rippen hervorstachen. Struppig und ungepflegt sah ihr Pelz leider auch aus, aber das würde sich bestimmt ändern, sobald sie regelmäßig gutes Futter bekam, dachte Annett. Die Grundfarbe der Katze war hellbraun. Ein durchgehender schwarzer Streifen verlief vom Kopf her längs über den ganzen Rücken bis hin zu dem dunklen Schwanz. Neben dem dunklen Streifen hatte das Fell beidseitig schwarze Flecken unterschiedlicher Größe. Das Äußere der kleinen Katze erinnerte Annett ein wenig an einen Leoparden. Auf jeden Fall hatte die Katze eine seltene ausgefallene Fellzeichnung, stellte sie entzückt fest. Als sie das Tier im Dunkeln gefunden hatte, war das ja nicht so deutlich zu sehen gewesen. Hatte sie sich nicht schon immer ein Haustier gewünscht? Aber sie war ja kaum daheim, sondern verbrachte den größten Teil ihrer Zeit im Café. Aus diesem Grund hatte sie bisher darauf verzichtet. Aber was war nun mit

Michael´s Idee? Er hatte doch von einem Katzencafé gesprochen. Sie hatte schon davon gehört, war aber selbst noch nie auf den Gedanke gekommen auch ihr Café entsprechend umzurüsten. Aber, wenn sie die Kleine behalten wollte, dann wäre das vielleicht eine Möglichkeit. Das kleine Kätzchen war so entzückend!

Als sie wenig später im Bett lag, fand Annett keine Ruhe. Pünktchen, das war doch ein schöner und passender Name für ihre kleine Katze, fand sie. Außerdem gefiel ihr der Gedanke an ein Katzencafé immer besser, je mehr sie darüber nachdachte. Es gab ja auch noch einen ungenutzten Raum, den sie bisher aus Kostengründen noch nicht eingerichtet hatte. Wenn das Café erst richtig gut laufen würde, könnte sie das immer noch tun, so hatte sie gedacht. Aber dieses Zimmer würde sich auch hervorragend als Rückzugsraum für Pünktchen eignen. Gleich morgen würde sie sich an ihren Computer setzen und etwas über die anderen Katzencafés googlen. Sie musste sich unbedingt noch genauer darüber informieren, bevor sie sich endgültig dazu entschloss. Außerdem blieb ja leider immer noch die Frage der Finanzen, denn dafür würden sicher einige Umbauten nötig sein, dachte sie sorgenvoll. Aber dafür musste sich eben auch eine Lösung finden lassen. Am nächsten Morgen wurde sie dadurch geweckt, dass eine kleine raue Zunge ganz vorsichtig ihre Wange berührte. Erschreckt fuhr sie hoch. Ach ja, Pünktchen, die hatte sie ganz vergessen. Also stand Annett gehorsam auf und servierte ihrer Katze erneut eine Scheibe Schinken und den Rest aus der Fischdose vom Vortag. Sie musste heute unbedingt etwas Katzenfutter besorgen und auch ein Kistchen für ihr Pünktchen herrichten. Zunächst riss sie einige alte Zeitungen in kleine Stücke und bedeckte damit den Boden eines Kuchenkartons, und setzte die kleine Katze, nachdem die ihr Frühstück beendet hatte, kurzerhand hinein und wartete ab. Pünktchen schien nicht nur recht hübsch, sondern auch intelligent zu sein, denn sie begriff sofort, was Annett von ihr wollte, denn im nächsten Moment sah ihre neue Katzenmama, dass sie ein Bächlein in das Papier laufen ließ und es anschließend so gut es ging verscharrte.

„Bravo Pünktchen!", freute sich Annett und lobte die Kleine und kraulte sie am Kinn, was sich die Katze offenbar gern gefallen ließ. Dann tauschte Annett noch einmal die feuchten Papierschnipsel gegen trockene aus und ging ins Bad. Es wurde allerhöchste Zeit sich fertig zu machen und das Café zu öffnen. Zum Glück war vom Vortag ja noch genügend Gebäck übrig geblieben und eine Torte hatte sie ja immer auf Vorrat eingefroren, wenn sie die dazustellte, das musste für den heutigen Nachmittag genügen. Außerdem konnte sie ja auch mal wieder einen Waffeltag anbieten, das kam bei den Gästen immer gut an. In der kurzen Mittagspause wollte sie schnell in den nahen Supermarkt huschen und für Pünktchen Katzenfutter besorgen. Vom Café aus würde sie zuhause anrufen und ihre Mutter fragen ob sie heute aushelfen konnte, dann müsste sie sich nicht ganz so beeilen und konnte eventuell sogar kurz nach Hause fahren, um nach Pünktchen zu schauen, nahm sie sich vor.

„Ich komme doch wieder", erklärte sie Pünktchen tröstend, als sie die Wohnung verließ und die kleine Katze ihr, wie sie meinte, traurig nachschaute. Eilig lief sie zur U-Bahn-Station, denn ihr kleines Auto hatte sie ja am Vortag in der Stadt stehen lassen, weil Michael sie abgeholt hatte. Überhaupt Michael – bei dem Gedanken an ihn wurde ihr warm ums Herz. Er war so ein netter Kerl! Hatte sie nicht um himmlischen Beistand gebeten? War der jetzt womöglich in seiner Gestalt zu ihr gekommen? Beinahe hatte sie den Eindruck. Er wollte sich heute melden, so hatte er versprochen, und das würde er bestimmt tun. Ansonsten hatte er ihr ja auch seine Handynummer gegeben und ihr angeboten, sie könne ihn jederzeit anrufen, vor allem, wenn sie Hilfe brauchte.

Etwas außer Atem, weil es später war als sonst, erreichte sie das Café und schloss auf. Noch war kein Gast zu sehen, aber heute war das gut so, fand Annett. Also stellte sie in aller Ruhe das „geöffnet" Schild vor die Tür, nahm die eingefrorene Torte aus der Kühlung und bereitete den Waffelteig vor. Dann ging sie ans Telefon, um ihre Mutter anzurufen.

„Kannst Du für eine Stunde oder so vorbeikommen Mama?", fragte sie und ihre Mutter versprach es ohne weitere Fragen zu stellen. Erleichtert legte Annett den Hörer auf. Kurz danach betrat ein Herr das Café und ihr Arbeitsalltag begann. Wenig später traf auch ihre Mutter ein und fragte:

„Na, wo brennt´s denn, Kind? War es nett gestern Abend?"

„Ja, es war ein toller Abend!", sprudelte Annett hervor und berichtete ihrer Mutter in groben Zügen was am Vorabend geschehen war. Natürlich erzählte sie ihr als Allererstes von Pünktchen und danach von Michael´s Plan, ein Katzencafé zu eröffnen.

„Langsam Annett, das geht mir alles ein bisschen zu schnell", dämpfte ihre Mutter Annett´s Begeisterung zu deren großer Enttäuschung ein wenig.

„Ich dachte, Du freust Dich mit mir", beklagte sie sich.

„Doch, das tue ich ja auch", lenkte ihre Mutter ein. „Aber Du musst Dir einen solchen Schritt wirklich gut überlegen, mehr wollte ich damit doch nicht sagen", beschwichtigte sie ihre Tochter.

Sie wusste ja nur zu gut, dass Annett schon einige Male darüber nachgedacht hatte, ihren Traum wieder aufzugeben und das Café zu schließen, obwohl es seit kurzem besser zu laufen schien. Vielleicht sollte Annett doch noch einige Monate abwarten, bevor sie darüber eine endgültige Entscheidung traf. Aber vorher noch mehr investieren? Ob sich das wirklich lohnte? Es stimmte, Katzencafés gab es inzwischen bereits in mehreren größeren Städten, darüber hatte Frau Korte kürzlich sogar einen Bericht im Fernsehen gesehen, wie sie sich erinnerte. Aber ob dieser Trend anhalten würde? Außerdem war es sicher eine ganz andere Sache, so einen Versuch in einer Großstadt zu wagen oder hier in der Provinz; aber sie wollte Annett natürlich nicht den Mut nehmen. Sie sah doch, mit wie viel Engagement Tochter das Café führte. Der Bürojob war eindeutig nicht ihr Ding fürs Leben gewesen, das hatte auch ihre Mutter längst erkannt, obwohl ihr Ehemann immer noch sehr skeptisch war.

„Das war wenigstens was Solides!", hatte er erst neulich geäußert.

Außerdem behagte es ihm ganz und gar nicht, dass auch seine Frau so viel Zeit im Café verbrachte. Sie beide waren ja inzwischen Rentner und konnten ihre Zeit frei einteilen. Ihr Mann wäre gern öfter mit ihr auf Reisen gegangen, das wusste sie genau. Aber sie weigerte sich meistens, wenn die Rede darauf kam, weil sie ständig mit einem Hilferuf von Annett rechnete. Und wie man sah, kam der ja auch immer mal wieder.

„Danke Dir nochmal Mama, dass Du so schnell gekommen bist!", mit diesen Worten nahm Annett ihre Mutter überschwänglich in den Arm.

„Das ist für mich selbstverständlich, das weißt Du doch. Außerdem macht es mir auch Freude!", beschwichtigte ihre Mutter Annett.

„Du gehst jetzt erst mal los und besorgst das Nötigste für Dein Pünktchen. Du willst die Kleine doch auf jeden Fall behalten, denke ich. Ich halte hier solange die Stellung, mach Dir keine Sorgen!", schlug Frau Korte Annett vor.

Über diese neuen Pläne von Annett musste sie erst einmal in aller Ruhe nachdenken, bevor sie mit ihrem Mann darüber sprach. Außerdem wusste sie aus langjähriger Erfahrung, dass es besser war ihn gleich mit Lösungen zu konfrontieren, anstatt ihn bei einem solchen Problem um Rat zu fragen. Ihr Ehemann war herzensgut, aber ein wenig bequem und ging am liebsten immer den einfachsten Weg. Zunächst musste sie sich selbst eine Meinung zu dem neuen Katzencafé bilden, bevor sie mit ihm darüber sprechen konnte.

Wenig später kehrte Annett schwer beladen zurück. Sie hatte sich in dem Tierfachmarkt in der Stadt von einer netten Verkäuferin beraten lassen und etliches eingekauft.

„Na, da kann Dein Pünktchen sich aber freuen!", meinte ihre Mutter lächelnd, als die Annett´s Einkäufe begutachtete.

Jede Menge verschiedener Sorten Katzenfutter, eine Transportbox, ein weiches Körbchen und sogar etwas Spielzeug für die junge Katze hatte Annett erstanden.

„Willst Du mit Papa heute Abend vorbeischauen und Dir mein Pünktchen ansehen?", lud sie ihre Mutter ein.

„Ja, meinst Du denn nicht, dass Du der Kleinen erst mal einige Tage zum Eingewöhnen gönnen solltest?", fragte ihre Mutter zurück.

„Da hast Du vielleicht auch recht, aber ich hoffe, Ihr kommt bald!", antwortete Annett, dabei strahlte sie ihre Mutter so glücklich an, dass diese ganz gerührt war. So entspannt und fröhlich wie in diesem Augenblick hatte sie ihre Tochter schon lange nicht mehr erlebt. Was so ein kleines Tierchen doch bewirken konnte!

Kurz darauf ging die Tür auf und Annett´s Freundin Claudia spazierte zur Tür herein. Claudia, die Autorin, die am Sonntag bei Annett ihr neuestes Buch mit den weihnachtlichen Geschichten vorstellen wollte. Claudia war bekanntermaßen eine große Katzenfreundin, und sie und ihr Mann Axel hatten sich vor etwa drei Jahren gleich zwei Katzengeschwister aus dem Tierheim geholt. Diese beiden lebhaften Kobolde hatten sie erst zum Schreiben inspiriert, und nach den bisher erschienenen Katzenbüchern hatte sie mit diesen netten Weihnachtsgeschichten jetzt Neuland betreten. Passenderweise war sogar eine winterliche Katzengeschichte dabei, wie Annett wusste. Vielleicht sollte sie Claudia bitten, diese Geschichte am Schluss vorzulesen und dann den anwesenden Gästen die Idee von dem Katzencafé zu präsentieren. Sie brannte darauf, deren Reaktion auf diese Ankündigung zu hören.

„Ich habe schon etwa ein Dutzend Anmeldungen für Sonntag", informierte Annett ihre Freundin zunächst.

„Oh prima, dann kann ja nicht mehr viel schief gehen", freute sich Claudia.

„Komm, setz Dich, ich muss Dir unbedingt meine Neuigkeiten erzählen!", bat Annett ihre Freundin. „Hast Du etwas Zeit?"

„Klar, für einen schnellen Cappuccino immer!", bestätigte Claudia und setzte sich.

„Magst Du vielleicht ein Stück Torte dazu oder etwas anderes?", erkundigte Annett sich fürsorglich.

„Falls Du heute wieder diese leckere Schokoladentorte haben solltest, dann nehme ich gern ein Stück davon, danke Dir", erwiderte Claudia.

„Klar, die kannst Du haben", sagte Annett und ging sofort los, um das Gewünschte zu holen. Als sie dann beide mit den Tassen und einem Stück Torte an dem Ecktisch am Fenster saßen, beeilte Annett sich, ihrer Freundin von den Ereignissen der letzten Tage zu berichten. Claudia wusste ja auch noch nichts von Michaels Existenz.

„Das sind ja tolle Neuigkeiten! Pünktchen werde ich ganz bestimmt sofort ins Herz schließen, das weiß ich jetzt schon!", meinte Claudia. „Und dieser Michael scheint ja auch ein netter und interessanter Typ zu sein. Den würde ich sehr gern mal kennenlernen", setzte sie hinzu.

„Ich denke, er wird am Sonntag auch hier sein, er hat mir jedenfalls geholfen, die Ankündigung für die Zeitung zu schreiben", erzählte Annett weiter.

Und dann rückte sie mit der Idee heraus, ihre Räume demnächst in ein Katzencafé umzuwandeln. Claudia war sofort total begeistert! Allerdings gab sie Annett zu bedenken, dass sie bis dahin sicher noch etliche bürokratische Hürden überwinden musste.

„Das ist mir schon klar, aber ich denke, auch dabei wird Michael mir zur Seite stehen", hoffte Annett.

„Dein Michael ist wohl ein richtiger Wunderknabe, oder?", fragte Claudia und grinste schelmisch, denn sie hatte den durchaus berechtigten Eindruck, dass Annett tatsächlich bereits nach so kurzer Bekanntschaft mit diesem jungen Mann mehr als nur große Stücke auf ihn hielt. Aber sie gönnte ihrer Freundin das von ganzem Herzen – bisher hatte Annett leider nur wenig Glück mit Männern gehabt. Im Gegensatz zu Claudia, die schon seit mehreren Jahren glücklich verheiratet war.

„Wie geht es eigentlich Axel?", erkundigte Annett sich.

„Blendend, der fiebert dem Sonntag genauso entgegen wie ich", bekannte Claudia.

„Es wird bestimmt nett", prophezeite Annett und fragte ihre Freundin: „Magst

Du noch etwas trinken oder ein zweites Stück Torte?"

„Nein danke, sonst kannst Du mich nach Hause rollen", entschied Claudia. Sie wollte gerade aufbrechen, als die Tür sich erneut öffnete, und Michael den Raum betrat.

„Du kommst ja wie gerufen", rief Annett und eilte freudig auf ihn zu.

„Na, ich muss mich doch erkundigen, wie es Dir mit Deinem kleinen Findling ergangen ist", antwortete er.

„Bestens! Mama hat auf das Café aufgepasst, und ich bin gleich in die Stadt gefahren um eine Grundausstattung für die Kleine zu kaufen."

„Dann brauche ich ja gar nicht fragen, ob Du sie behalten willst", lachte Michael.

„Nein, mein Pünktchen, das gebe ich nie wieder her, komme was da wolle!" bekräftigte Annett.

„Das dachte ich mir gestern schon und es freut mich sehr!", meinte Michael lächelnd.

Claudia, die bisher stumm daneben gestanden hatte, fand es nun doch an der Zeit, sich einzumischen.

„Sie müssen Michael sein, ich heiße Claudia, und bin eine gute Freundin von Annett", stellte sie sich vor.

„Guten Tag, ich bin Michael Wegener und kenne Annett aus dem Café", entgegnete Michael mit einer kleinen Verbeugung und fragte dann: „Sind Sie die Freundin von Annett, die am Sonntag hier ihr Buch vorstellen wird?"

„Genau die bin ich, und ich hoffe, Sie werden auch dabei sein", ergriff Claudia die Gelegenheit ihn einzuladen.

„Natürlich werde ich mir das nicht entgehen lassen; vor allem jetzt, da ich Sie persönlich kennengelernt habe", antwortete Michael charmant.

„Das freut mich sehr, aber nennen Sie mich doch Claudia, denn Annett´s Freunde sind auch meine", bat ihn Claudia.

Michael gefiel ihr ausnehmend gut. Sie würde sich freuen, wenn aus der Bekanntschaft von ihm und Annett eventuell mehr werden würde. Genau das sagte sie auch zu Frau Korte, bevor sie sich in der Küche von ihr verabschiedete.

„Er scheint ein netter junger Mann zu sein", gab Annett´s Mutter zu, nachdem auch sie mit Michael einige Worte gewechselt hatte.

„Ich kümmere mich schon um die Leute, setze Dich ruhig noch einen Moment zu Deinem Bekannten", hatte sie versichert, als Annett ihr helfen wollte. Schließlich hatte sie schon eine Weile mit Claudia verbracht und es ihrer Mutter in der Zeit überlassen, nach den Wünschen der Gäste zu fragen und sie zu bedienen.

„Hast Du schon Zeit gefunden, Dich mit der Idee für ein Katzencafé zu befassen?", erkundigte sich Michael, nachdem Annett ihm ausführlich geschildert hatte, wie glücklich sie war, die kleine Katze bei sich aufgenommen zu haben.

„Ich habe fast die ganze Nacht darüber nachgegrübelt und muss sagen, dass mir die Idee immer besser gefällt, aber da gibt es ein Problem", bekannte sie und verstummte.

„Du meinst sicher die Finanzen", half ihr Michael aus der Verlegenheit.

Es war fast unheimlich, fast konnte man den Eindruck gewinnen, er könnte ihre Gedanken lesen, fand Annett.

„Auch darüber habe ich mir Gedanken gemacht. Ich habe einige Reserven auf die Seite gebracht und suche ohnehin schon eine Weile nach einer sinnvollen Anlagemöglichkeit. Was die Banken angeht, so ist ja leider wenig Verlass auf sie, aber wenn ich Dir damit helfen kann, dann würde ich das mit Freuden tun!", bot er ihr an.

Auf diesen großzügigen Vorschlag konnte Annett zunächst einmal gar nicht antworten. Sie schaute ihn nur aus ihren großen Augen fragend an.

„Ich weiß, wir kennen uns noch nicht lange, aber ich meine das wirklich ernst. Wenn es Dir lieber ist, dann können wir das ja auch mittels eines Vertrages regeln, dann sind wir beide auf der sicheren Seite, falls etwas schief gehen sollte. Du musst mir jetzt nicht sofort antworten, überleg es Dir in aller Ruhe. Es eilt ja nicht, und jetzt vor Weihnachten hast Du sicher ohnehin genug im Kopf, denke ich", sagte er abschließend.

Dankbar, dass er nicht auf der Stelle eine endgültige Entscheidung von ihr verlangte, nickte Annett. Dann verabschiedete Michael sich und versprach, am Sonntag pünktlich wieder zu erscheinen.

Es war spät geworden und Annett sah, dass ihre Mutter gerade an dem letzten noch besetzten Tisch abkassierte. Dann verabschiedete sich auch dieses Pärchen und brach auf. Endlich waren die beiden Frauen allein.

„Puh, heute war ja echt was los", sagte ihre Mutter.

„Ja, so voll war es selten. Ich muss mich für morgen unbedingt um neue Torten kümmern", meinte Annett.

„Ich backe Dir gern auch noch einen Marmorkuchen", bot ihre Mutter an.

„Das nehme ich glatt an, dann habe ich heute etwas mehr Zeit für Pünktchen", bedankte sich Annett.

„Auf die Dauer musst Du Dir aber auf jeden Fall eine oder mehrere Frauen suchen, die für Dich regelmäßig Kuchen backen Annett. Das schaffen wir beide nicht mehr lange allein", gab ihre Mutter zu bedenken.

„Du hast ja recht", musste Annett zugeben. „Im neuen Jahr werde ich mich gleich darum kümmern, vorher haben doch alle Leute den Kopf voll mit anderen Dingen." Damit gab sich ihre Mutter zufrieden.

Als Annett nach Hause kam, wurde sie von Pünktchen schon ungeduldig erwartet. Sicher hatte die Kleine Hunger, dachte sie und beeilte sich, die eingekauften Sachen aus dem Auto zu holen. Wie erwartet, fiel die kleine Katze ungeduldig über ihr Futter her, und es schien ihr ausgezeichnet zu schmecken, wie Annett voll Freude feststellen konnte. Auch die neue Katzentoilette nahm Pünktchen ohne Probleme an. Nur das hübsche, weiche Körbchen beäugte Pünktchen zunächst etwas misstrauisch. Erst als Annett einige Leckerlikörnchen hinein streute, lief sie schnell herbei. Nachdem die kleinen Extrakörnchen von ihr verputzt waren, nahm sie gnädig erst einmal zur Probe darin Platz, sprang aber anschließend gleich wieder heraus.

„Du wirst Dich sicher bald daran gewöhnen", meinte Annett, bevor sie sich ihrer Hausarbeit zuwandte. Dabei hatte sie genug Zeit, sich den Vorschlag von Michael noch einmal in aller Ruhe gründlich zu überlegen. Je länger sie

darüber nachdachte, desto mehr neigte sie
dazu, ihn anzunehmen, musste sie sich
eingestehen. Aber erst wollte sie den
kommenden Sonntag abwarten.

Die nächsten Tage vergingen für Annett
wie im Flug und endlich war der dritte
Advent gekommen. Auch an diesem Tag
war das kleine Café gut besucht, und sie
freute sich, als am späten Nachmittag noch
einige Gäste unangemeldet vorbei kamen,
um an der Lesung teilzunehmen. Natürlich
waren auch ihre Eltern erschienen, und
Michael saß ebenfalls seit geraumer Zeit
an seinem Lieblingstisch in der Ecke am
Fenster. Claudia und ihr Mann waren
bereits ziemlich früh gekommen, hatten
sich zu Michael an den Tisch gesetzt und
waren recht schnell in eine angeregte
Unterhaltung mit ihm vertieft, wie Annett
erfreut feststellen konnte. Für ihren großen
Auftritt hatte Claudia sich ebenfalls mit
Kaffee und Kuchen gestärkt. Zwar war es
beileibe nicht ihre erste Lesung vor

Publikum, aber sie hatte jedes Mal erneut ein wenig Lampenfieber.

„Das gehört einfach dazu, sonst stumpft man ab", tröstete Michael sie.

„Genau das sage ich ja auch immer!", stimmte Axel ihm befriedigt zu. Dieser Michael gefiel ihm. Claudia hatte nicht übertrieben, nachdem sie von ihrer ersten Begegnung mit Michael in den höchsten Tönen von ihm geschwärmt hatte. Fast wäre Axel sogar ein bisschen eifersüchtig geworden. Michael würde Annett sicher gut tun, da gab er seiner Frau in Gedanken recht, hütete sich vorerst allerdings das zu sagen. Natürlich war Claudia´s Aufregung inzwischen nicht abgeklungen, eher im Gegenteil. Um sie ein wenig abzulenken beugte Michael sich zu ihr hinüber und raunte ihr leise zu: „Und nun begrüßen wir die Autorin mit einem dreifach kräftigen Miau!", darüber musste Claudia so lachen, dass sie ihr Lampenfieber augenblicklich vergaß, und auch Axel grinste über diesen gelungenen Scherz. Schließlich war es soweit und die letzten Gäste, die nicht bleiben wollten, hatten bezahlt und das Café verlassen. Annett trat vor und wollte gerade um Ruhe bitten, um die Lesung anzukündigen, als sie Claudia laut lachen hörte. Das beruhigte sie sehr, denn sie kannte ihre Freundin gut und wusste, wie sehr ihr die Aufregung jedes Mal erneut zusetzte. Dabei war das eigentlich gar nicht nötig, ihre Geschichten waren wirklich gut und erfreuten sich allgemein großer Beliebtheit. Sie würde Claudia später auf jeden Fall danach fragen, was ihre Freundin so belustigt hatte. Es schien jedenfalls gewirkt und das Eis gebrochen zu haben, dachte sie erfreut. Gleich darauf stand Claudia auf, griff ihr Skript und stellte sich neben Annett. Es wurde still und alle sahen die beiden erwartungsvoll an.

„Ich möchte Sie alle noch einmal herzlich begrüßen und wünsche Ihnen jetzt mit den Geschichten meiner Freundin Claudia einen stimmungsvollen Abend!“, sagte Annett, um nach diesen einleitenden Worten das Feld zu räumen.

Dann setzte sie sich zu Axel und Michael und lauschte ebenfalls eine Weile den schönen, stimmungsvollen Advents- und Weihnachtsgeschichten, die Claudia sehr gut vorzutragen verstand. Als sie geendet hatte, brauste begeisterter Applaus auf. Und bevor die Leute aufstanden, um sich ihre mitgebrachten Bücher anzuschauen, trat Annett noch einmal vor, um ihre geplante Neuigkeit zu verkünden.

„Ein Katzencafé, heißt das, hier laufen dann echte Tiere herum?", vergewisserte sich eine ältere Dame.

„Ja, genau das. Die Getränke und Speisen werden abgedeckt serviert, und die Katzen dürfen nicht gefüttert, aber gern ausgiebig gestreichelt werden, jedenfalls wenn sie es zulassen. Es gibt inzwischen bereits mehrere solche Einrichtungen und soweit es mir bekannt ist, sind sie allgemein auch sehr beliebt", gab Annett Auskunft.

Es entspann sich eine lebhafte Diskussion über das Für und Wider, solange bis Annett noch einmal das Wort ergriff und ihre Gäste darauf aufmerksam machte, dass sie ja noch nichts endgültig entschieden hatte. Die meisten Leute waren glücklicherweise von der Idee durchaus angetan. Nur ein älterer Herr lehnte sie kategorisch ab.

„Es tut mir leid, aber an den Gedanken kann ich mich ganz und gar nicht gewöhnen, für mich sind Hunde und Katzen Nutztiere und haben im Haus nichts zu suchen!", erklärte er bestimmt.

„Vielleicht schauen Sie sich das Ganze doch erst einmal an", versuchte Annett´s Mutter zu vermitteln, aber der Herr blieb störrisch.

„Nein, nein, das glaube ich nicht! Schade, Ihr Kuchen ist wirklich lecker, aber darauf werde ich in Zukunft dann wohl verzichten müssen."

„Es wird auf jeden Fall weiterhin auch einen Verkauf außer Haus geben, dann müssen Sie uns nicht ganz untreu werden", versprach Annett ihm.

Sie wusste, sie würde es nie allen recht machen können, aber ihr Entschluss diese Räume umzurüsten gefiel ihr immer besser. Außerdem hatte ihr auch die positive Resonanz auf Claudia´s Lesung gezeigt, dass man mit solchen kleinen Events durchaus Leute locken konnte. Als alle Gäste gegangen waren, und sie mit ihren Eltern, Claudia, Axel und Michael zurück blieb, besprachen sie noch einmal zusammen diesen Plan. Michael hatte sich bereits viele Gedanken über die praktische Umsetzung gemacht, und da er, bedingt durch seinen Beruf, auch viele Leute kannte, die bei diesem Projekt hilfreich sein konnten, hatten sie am Ende sogar Annetts skeptischen Vater überzeugt.

„Ja, das könnte vielleicht klappen", musste er zugeben.

Annett war sehr glücklich, denn dieses Ziel schien ihr absolut erstrebenswert. Außerdem konnte sie dann außer ihrem Pünktchen noch eine oder gar zwei weitere Katzen aufnehmen. Die Tierheime waren ja alle übervoll, wie sie nur zu gut wusste. Gerade in diesen Tagen hatte sie wieder einen Artikel darüber in der Tageszeitung gelesen. Dort stand allerdings auch, dass es leider immer noch so war, dass sehr viele Hunde und auch Katzen häufig als Weihnachtsgeschenk angeschafft wurden die dann traurigerweise anschließend im Tierheim landeten. Das fand Annett unverantwortlich! Nein, sie würde sich jedes neue Tier genau anschauen und sich beraten lassen, ob es für ihr Café geeignet war oder nicht. Denn zu ängstliche Katzen kamen nicht in Frage und vertragen mussten sie sich untereinander ja auch. Gleich zu Beginn des neuen Jahres wollte sie sich um alles Notwendige kümmern das nahm sie sich fest vor. Alle hatten ihre Unterstützung dabei versprochen, und auch das beruhigte Annett sehr. Als sie an diesem Abend nach Hause kam und von ihrem Pünktchen laut maunzend begrüßt wurde, ging ihr regelrecht das Herz auf.

Ein Jahr später...

Wieder einmal war das Jahr fast zu Ende und Annett war dabei, ihre Räume festlich zu dekorieren, denn am kommenden

Sonntag war der erste Advent. Michael hatte jede Menge frischer Tannenzweige angeschleppt, sie kramte die Strohsterne und Kugeln wieder hervor und Kerzen hatten sich auch noch genügend gefunden. Annett war gerade dabei, drei rote Stoffstiefelchen für ihre Samtpfötchen aufzuhängen, als sie sich wieder einmal lebhaft daran erinnerte wie sie sich im Jahr zuvor um diese Zeit gefühlt hatte. Damals hatte sie zuhause über ihren Rechnungen gebrütet und dabei verzweifelt um himmlische Unterstützung gebeten – die hatte sie tatsächlich prompt bekommen, denn Michael war in ihr Leben getreten. Lieber Michael, dachte sie verträumt. Aus ihrer Bekanntschaft war Liebe geworden und sie wusste, auf ihn konnte sie sich jederzeit felsenfest verlassen. Allein bei der praktischen Umsetzung ihres Planes, ihr liebevoll eingerichtetes kleines Café in ein Katzencafé umzuwandeln, war er ihr eine unschätzbare Hilfe gewesen, hatte ihr etliche Behördengänge abgenommen und sogar angeboten, ihr auch finanziell unter die Arme zu greifen, obwohl sie sich zu der Zeit erst ganz kurz kannten. Das war natürlich ein äußerst großzügiges Angebot, und obwohl Annett ihn von Anfang an sehr schätzte und ihm vertraute, zögerte sie doch, es anzunehmen. Sie wollte sich nicht von ihm abhängig machen. Das war dann zu Annett´s Erleichterung auch nicht nötig gewesen. Ihre Eltern waren in die Bresche gesprungen, und ihr Vater hatte ihr eine größere Summe überwiesen und dazu geäußert: „Nimm die Hälfte davon als Weihnachtsgeschenk und die andere Hälfte als vorgezogenes Erbteil", als Annett sich überschwänglich bei ihm bedanken wollte.

Damit war ihre größte Sorge behoben, und sie konnte ihre ganze Energie aufwenden, sich den nötigen Umbauten im Café zu widmen. Zum Glück war das nicht allzu schwierig gewesen, und sie musste dafür das Café auch nur für einige Tage schließen. Außerdem war das Ganze zu ihrer grenzenlosen Erleichterung sehr viel schneller über die Bühne gegangen als Annett je gedacht hatte. Viele ihrer Gäste unterstützten sie ebenfalls, indem sie öfter als sonst kamen um sich von den Fortschritten zu überzeugen. Einige boten ihr sogar praktische Hilfe an.

„Sie helfen mir am besten, indem Sie ein bisschen Reklame für mich machen!", antwortete Annett dann stets und alle versprachen es.

Schließlich stand sie einige Monate später in ihrem neu gestalteten Café und betrachtete glücklich das Ergebnis. Das Mobiliar war gleich geblieben, allerdings hatte sich die Dekoration komplett verändert. Statt der Blumendrucke in Pastellfarben schmückten jetzt etliche Katzenbilder die Wände. Ein guter Freund von Michael hatte sie gemalt und ihr zur Verfügung gestellt. Malen sei sein Hobby, hatte er erklärt und sich gleich in die Arbeit gestürzt, als Michael ihn darum gebeten hatte. Die Katzenbilder waren wunderschön geworden – ausnahmslos, obwohl alle seiner Phantasie entsprungen waren. Außerdem hatte sie an den Wänden einige Lauftunnel und erhöhte Ruheplätze für Pünktchen und die zukünftigen anderen Katzenbewohner des Cafés anbringen lassen. Mehrere Kratzbäume standen im Raum und auf den verbreiterten Fensterbänken lagen weiche, kuschelige Kissen. Mit Michael zusammen war sie auf einigen Flohmärkten gewesen und hatte nach passenden Katzenobjekten gesucht.

Dabei war sie mehrfach fündig geworden. So hatte sie eine alte Kaffeekanne in Katzenform gefunden und einige Katzen aus edlem Porzellan, sowie eine große Katzenspardose erstanden. Die stand jetzt auf der Verkaufstheke, um Spenden für das örtliche Tierheim aufzunehmen. Mehrere Bücher, in denen es um Katzen ging, hatte sie ebenfalls gekauft. Da immer wieder Gäste allein kamen, konnten sie bei einem Tässchen Kaffee und einem Stück Torte nach Lust und Laune darin stöbern.

„Samtpfötchen´s Café-Paradies" - so hieß das neue Katzencafé. Für diesen Namen hatte Annett sich nach ausführlicher Beratung mit ihren Eltern, Claudia, Axel und Michael entschieden. Und schließlich hatte sie Pünktchen das erste Mal mit hierher genommen, und die kleine Katze schien sich sofort hier wohl zu fühlen. Glücklich rannte sie von einer Ecke in die nächste, beschnüffelte alles ausgiebig und fand auch gleich die Katzenklappe, die in den zukünftigen Ruheraum für die Katzen führte. Dort wurde sie gefüttert und kuschelte sich anschließend auch in eines der Körbchen, die Annett dort bereit gestellt hatte. Ihr neues Revier schien ihr ausnehmend gut zu gefallen, sodass Annett sie nach einigen Tagen auch über Nacht ohne Probleme hier lassen konnte. Dann konnten sie am ersten Sonntag im Mai die offizielle Einweihung ihres Katzencafés feiern. Zu diesem Anlass hatte Michael spezielle Flyer drucken lassen und überall in der Stadt verteilt, Plakate aufgehängt und natürlich auch die örtliche Presse informiert. Claudia, die kurz vorher ein neues Buch veröffentlicht hatte, hielt auch an diesem Tag eine kleine Lesung, und es kamen sogar einige Anfragen, ob die Bilder an den Wänden auch käuflich zu erwerben waren. Die Gäste waren durchweg begeistert, und zwei Tage später erschien ein langer, sehr nett geschriebener Artikel, mit mehreren Bildern über die gelungene Eröffnungsfeier des neuen Katzencafés in der Zeitung. Sogar Pünktchen hatte sich als williges Modell mehrfach fotografieren lassen. Der ganze

Rummel schien ihr gar nichts auszumachen, im Gegenteil, sie genoss die Aufmerksamkeit, die ihr zuteil wurde, offensichtlich in vollen Zügen. Die Stammgäste des Cafés liebten Pünktchen bald über alles, und wenn sie sich sehen ließ, wurde sie überall freudig begrüßt und gern gestreichelt. Nach weiteren sechs Wochen wagte Annett es, mit Michael ins Tierheim zu fahren, um sich dort nach einer zweiten Katze umzuschauen. Die Wahl war ihr nicht leicht gefallen, denn so viele hübsche, anschmiegsame Tiere warteten dort auf ein neues Zuhause. Am liebsten hätte sie alle mitgenommen, aber das stand natürlich außer Frage. Außerdem sollte es am besten ein älteres, ruhiges Tier sein, fand Michael, damit es mit Pünktchen keine Probleme gab. Eine bildhübsche, dreifarbige Katze fiel Annett besonders auf. Sie saß ganz ruhig in einer Ecke und rührte sich nicht vom Fleck, als Annett und Michael den Raum betraten, während einige andere Kätzchen gleich auf sie los gestürmt und um ihre Beine gestrichen waren.

„Was ist mit ihr?", hatte Annett die Mitarbeiterin des Tierheimes gefragt, und auf die Katze in der Ecke gezeigt, während sie eine andere Katze gestreichelt und auf den Arm genommen hatte.

„Das ist unsere Lady Lavinia", hieß es. „Wir haben sie so getauft, weil sie so zurückhaltend und schüchtern ist. Wir vermuten, dass sie Schweres hinter sich hat. Als sie hierher kam, war sie völlig verwahrlost, und wir mussten sie erst wieder aufpäppeln. Sie ist ein Fundtier, daher wissen wir leider nicht viel über sie. Aber sie ist sehr ruhig und lieb. Sie drängt sich nie in den Vordergrund, deshalb wird sie leider oft übersehen. Sie ist schon länger hier", hatte ihr die die junge Dame erzählt.

Und Annett´s weiches Herz hatte sich bei diesen Worten vor lauter Mitleid regelrecht zusammengekrampft.

„Hat sie generell Angst vor Menschen?", wollte sie wissen.

„Nein, das weniger, aber sie lässt sich nicht gern von Fremden anfassen. Sie braucht eine Weile bis sie Vertrauen aufbaut, aber mit Artgenossen kommt sie in der Regel gut aus", wurden sie weiter informiert.

„Lass es uns mit ihr versuchen!", hatte Annett spontan zu Michael gesagt, der ein wenig verunsichert daneben gestanden hatte.

„Bist Du Dir sicher, dass Du das riskieren willst?", fragte er. „Was ist, wenn sie doch Angst vor den Gästen hat und sich kaum blicken lässt?", fragte er.

„Sie wird sich bestimmt daran gewöhnen und auf jeden Fall bei uns besser aufgehoben sein als hier, denke ich", entschied Annett.

So war Lady Lavinia im Katzencafé eingezogen und zu Annett´s Erleichterung verstanden sich die junge und die ältere Katzendame ohne Probleme. Lady Lavinia ließ sich zwar anfangs nur von wenigen Leuten kurz streicheln, aber auch das wurde von den Besuchern recht schnell akzeptiert. Katzen waren sensible Wesen, da war eine gewisse Rücksichtnahme angebracht. Menschen, die selbst ein Tier hatten, wussten das ohnehin, und die Anderen wurden von Annett notfalls höflich darauf aufmerksam gemacht. Häufig lag Lady Lavinia sehr dekorativ auf einem der Kissen auf der Fensterbank und schlief. Wiederum einige Wochen danach war noch der schwarze Kater Vincent hinzugekommen. Ebenfalls ein älterer Herr, der im Gegensatz zu Lady Lavinia sehr menschenbezogen und verschmust war und die Aufmerksamkeit der Gäste offenbar sehr genoss. Annett liebte alle ihre Katzen sehr, so unterschiedlich sie auch waren, und Michael ebenso. Endlich konnte sie ohne Sorgen in die Zukunft schauen – in eine glückliche Zukunft mit einer Arbeit die sie ausfüllte, einem Mann den sie liebte und drei wunderbaren Katzen!

Die Autorin lebt mit ihrem Mann und Kater Jonny in einer kleinen Kurstadt am Rande des Wiehengebirges.

Alle ihre Bücher sind mit der Hilfe ihres Mannes und ebenso durch die liebevolle Inspiration von Jonny und den anderen Katzen aus der Straße entstanden. Und es wird weitergehen…

Wie immer danke ich meinem Mann dafür, dass er auch für dieses neue Buch das Cover gestaltet und sich ebenso tatkräftig darum gekümmert hat, diese Geschichte in die richtige Form zu bringen

Sehr herzlich möchte ich mich auch bei Frau Ulrike Imort bedanken, die mir für meine Weihnachtsgeschichte diese drei wunderschönen Zeichnungen geschenkt hat.

Und natürlich gilt mein Dank allen Lesern, die mir mündlich oder in meinen Gästebüchern bestätigen, dass meine Geschichten sie berühren und ihnen Freude machen. Viele meiner Ideen warten noch auf ihre Umsetzung, schauen Sie einfach ab und zu auf meine Webseite.

Bisher von Brigitta Rudolf erschienen:

Katze für Anfänger
Books on Demand, erschienen 2014
ISBN 978 3 735 77431 6

Jonny Appetito
Ein Kater, wie er im Buche steht..
Books on Demand, erschienen 2015
ISBN 978 3 734 79132 1

Pfötchenspuren
Books on Demand, erschienen 2016
ISBN 978 3 741 288 197

Kriminelle und andere Machenschaften
Books on Demand, erschienen 2017
ISBN 978 374 482 341 8

Katzenträume
Books on Demand, erschienen 2017
ISBN 978 374 483 296 0

Weihnachten….alle Jahre wieder
Books on Demand, erschienen 2016
ISBN 978 374 128 819 7

Engel trifft man überall...
Books on Demand, erschienen 2017
ISBN 978 374 601 385 5

Kleine Lebenssplitter
Books on Demand, erschienen 2018
ISBN 978 3 74 608 9362

Vier schwarze Pfötchen und ein langer Schwanz...
Books on Demand, erschienen Sept. 2018
ISBN 978 3 752 888 072

Zu diesen Büchern finden Sie Leseproben auf meiner Webseite

www.brigittarudolf.jimdo.com.

Gern können Sie mich auch direkt kontaktieren unter

brigitta-rudolf@gmx

Noch eine Bitte zum Schluss….

Liebe Leserinnen und Leser!

Wenn Ihnen dieses Buch gefallen hat, dann möchte ich Sie herzlich darum bitten, dieses weiterzusagen, in Ihrem Freundeskreis, auf Facebook oder anderen Medien.